GILBERT DELAHAYE
MARCEL MARLIER

martine

et le chaton vagabond

casterman

À l'occasion de son anniversaire, Martine a reçu un journal.
C'est un cadeau de tante Lucie. Elle y écrit les événements de tous les jours.

Aujourd'hui dimanche 21
Nous sommes allés pique-niquer avec Jean au bord de la rivière. Maman a préparé toutes sortes de bonnes choses. On s'est installés dans la barque de grand-père qui vient souvent pêcher ici.

Il a fait chaud.
On était bien au bord de l'eau,
dans la verdure !

J'aime beaucoup cet endroit. Il y a des poules d'eau, des grenouilles, toutes sortes d'oiseaux et aussi, parfois, des chats perdus, abandonnés par leurs maîtres…

Nous avions le dos tourné quand tout à coup… Un chat sauvage a attrapé une cuisse de lapin. J'étais fâchée. J'ai voulu le chasser. La barque a basculé. Jean est tombé à l'eau.

– Hou ! voleur. Va-t'en, vilain chat !

– Ce n'est pas un chat, a crié Jean qui
sortait de l'eau… C'est une chatte…
Elle attend des petits.
– Ah bon ! Tu crois ?…

Aussitôt, j'ai eu des remords :
« Reviens, reviens, Minouchette ! »

On a réussi à l'amadouer.
La chatte a mangé tout ce qu'elle voulait.
Mes amis, quel appétit !…

Une fois le repas terminé,
Minouchette a fait sa toilette.
– Laissons-la tranquille !

Comme on n'avait plus très faim et qu'il faisait très
chaud, on s'est baignés dans la rivière.

Heureusement, on avait emporté nos maillots. L'eau était tiède et claire.
On s'amusait comme des fous.

À cet endroit se trouve un cabanon.
Grand-père y range ses outils.
C'est très pratique pour se rhabiller.

Mais là, une surprise nous attendait…

La chatte Minouchette s'y était réfugiée pour
mettre bas et maintenant, voilà qu'il y avait cinq
chatons dans le fauteuil de grand-père !

Quelle histoire !

On ne pouvait pas les enfermer dans le cabanon.
Pas question, non plus, de les abandonner sans abri.
Ils étaient si petits, si fragiles !…
– Si on les emmenait à la maison ? dit Jean.
– Penses-tu ! Maman ne voudra jamais !
– Il leur faudrait une niche.
– Cette caisse fera l'affaire.

– Mettons-y une vieille
couverture et un coussin
pour que les chatons
n'aient pas froid.
– Là-dedans, ils seront
très bien.

Samedi 27
Cette nuit, il a fait un orage terrible. Je me suis réveillée en sursaut.

J'ai couru fermer la fenêtre. La pluie tambourinait sur les vitres. J'ai vu un arbre s'abattre dans le jardin du voisin…
Il y a eu une panne d'électricité.

Pauvre Patapouf. Comme il tremblait !
– Est-ce que c'est le déluge ?
– Mais non !… Mais non !…
J'avais beau rassurer Patapouf, j'étais très inquiète à cause des chatons. Je me disais : « Si la rivière déborde, ils vont se noyer ?… Si la tempête renverse la caisse, ils seront étouffés dessous, blessés peut-être ? »

Dimanche matin 28. La tempête se calme. Je file à bicyclette jusqu'au cabanon…

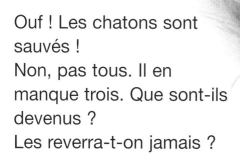

Ouf ! Les chatons sont sauvés !
Non, pas tous. Il en manque trois. Que sont-ils devenus ?
Les reverra-t-on jamais ?

Quelques semaines plus tard…
Je n'ai pas revu les trois chatons
perdus.
J'ai du chagrin.

Ces deux-là, par contre, grandissent à
vue d'œil. Ils commencent à circuler
autour de la caisse. L'un s'appelle Boule.
L'autre, c'est Plume. Je les soigne bien.
Boule est très gourmand :
– Allons, recule ! Il faut laisser manger
ton frère !

Plume est un petit chat timide.
Il ne ferait pas de mal à une
souris. Il ne pèse pas plus lourd
qu'un moineau.
C'est celui-là que je préfère.
« Comme j'aimerais le caresser ! »

Samedi 24

Plume s'amuse avec un rien :
une marguerite, un chiffon de papier,
une plume, un brin de paille.

J'ai tout essayé pour l'apprivoiser.
Mais il se tient toujours sur ses
gardes.
« Faisons semblant de dormir.
Il se laissera peut-être
amadouer ?... »
Il s'approche. Il est tout près.
Je vais pouvoir l'attraper.

13

Quand j'ai voulu le prendre dans mes bras, Plume a bondi
comme un ressort.
– Non, attention ! par là c'est la rivière !…
Plus on criait, plus il détalait.

Rien ne pouvait l'arrêter. Il courait, courait sans prendre garde
au danger.
– Il va tomber à l'eau… Tu crois qu'il sait nager ?
– Rattrapons-le !

De l'autre côté de la rivière, Plume a grimpé le long
d'un arbre.

Là-haut, pris de panique, il a voulu redescendre.
Mais il n'osait plus bouger.
– Pauvre Plume ! s'il tombe, il va se
casser les reins.

Je ne pouvais pas abandonner
ce petit chat étourdi à son infortune.

Vite, on est allés chercher l'échelle,
près du cabanon.
Elle était trop courte. En plus,
Jean avait le vertige.

Le chaton miaulait, miaulait…
Que faire ?

À mon tour, j'ai grimpé dans l'arbre.
– Je viens, Plume, je viens.

C'était haut !
Le vent agitait les branches.
Une guêpe bourdonnait.
J'avais peur.

Jean criait :
– Tiens bon !…
Tu es presque arrivée.

16

J'étais tout près de
Plume. Il ne pouvait plus
m'échapper. Je l'ai pris dans
mes mains. Son cœur battait, battait.

Je l'ai ramené à terre avec précaution.
Il était sain et sauf. Je l'ai rassuré avec des câlins.
Il s'est laissé cajoler.

Mercredi 5
Plume est devenu mon ami. On s'entend bien, tous les
deux. Chaque fois que je peux, je viens lui tenir
compagnie.

17

Aujourd'hui, rien ne va plus.
Minouchette s'est mise en colère.
Elle rejette Plume et Boule, car elle
attend à nouveau des petits.

Samedi 8

Que vont devenir Plume
et Boule ?
Il faudrait les ramener à la
maison.
Papa est d'accord, mais...

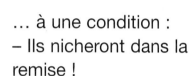

... à une condition :
– Ils nicheront dans la
remise !

On allait se mettre en route...
Zut ! zut ! et zut !

Ma bicyclette avait une fuite !
Alors je me suis installée sur le vélo de Jean.

Nous sommes arrivés au champ de maïs, là où j'avais quitté Plume la dernière fois.

Plus de maïs ! On avait fauché le champ.

Où donc était passé Plume ?

– Là-bas ! le voilà !

– Mais tu vois bien que c'est un lièvre !

Le pêcheur, au bord de la rivière, n'avait pas aperçu les chats depuis jeudi.

Plume n'était pas au cabanon. Boule non plus.

Un tracteur passait sur la route.

On a interrogé le fermier.

– Plume et Boule ? Bien sûr que je les ai vus. Ils couraient dans le maïs. J'ai failli les écraser avec mon tracteur. J'ai pensé qu'ils seraient plus en sécurité dans la grange. Venez donc les voir quand vous voulez.

Dimanche 9 : Nous sommes allés voir Plume et Boule chez le fermier. On était un peu tristes. On aurait préféré les avoir chez nous. Mais on était rassurés. À la ferme, ils ne manqueraient de rien… Et puis, à la maison, ils se seraient sûrement bagarrés avec Moustache.

http://www.casterman.com
D'apres les personnages créés par Gilbert Delahaye et Marcel Marlier / Léaucour Création.
Imprimé en Italie. Dépôt légal : août 1994 ; D. 1994/0053/285.
Déposé au ministère de la Justice, Paris (loi n° 49.956 du 16 juillet 1949 sur les publications destinées à la jeunesse).
ISBN 2-203-10144-X